널 위한 무지개가 떴다

널 위한 무지개가 떴다

이순선 시집

세종출판사

시인의 말

누구나 꿈을 가지고
여백을 채워가는
꿈이란 지니는 것이 낫다

자연이준 선물은
진지함을 벗어나
생각날 때마다 새롭고

푸른 불빛이 모든 이에게
어슴푸레 밝히고 있을 뿐이었다

2025년 여름

이순선

차
례

2부

3부

4부

9

1부

이름표

파도 속에 가라앉은 화물트럭 바퀴
그냥 있으면 된다고
간밤에 간 고양이 울음소리 적막을 깨웠다

두려울게 없는 평행선이 될 대로
틈새마다 부질없는 퇴적물이 쌓여
삐걱되는 크레인 높이 걸려 있다

부활한 춤사위 안달 난 깃발은
도꼬마리 붙어 바다가 부럽지 않다

장터에서 바뀔 제 길을 모르듯이
차오른 허공을 물결로 층을 쌓고
사과는 뭉치지 못 한 눈물인가

내동댕이친 유통기관 오염시키는 혈관은
노을진 하늘을 나른다

사방에서 새겨진 맨살 드러낸 이름표
생계를 끌고 밀려 난 깡통이 있었다

카톡 편지

묵은 서랍장 속에 숨어있는
가을빗장을 풀어놓고
등을 떠밀려 낯선 손 이어준다
마음 버무려 미풍에 흔들리는
매끈하고 늠름한 실수인가
안개로 쓴 모호한 표현이
서성거리며 불을 지피고
겹겹히 쌓인 아픔
한동안 잊었던 밤하늘에
별빛 찾아 나선다

아산 이충무공 유허遺虛에 빠지다

붉은 목련 일찍이 잠에서
깨어나 사립문 열고
모형비행기 띄우는 철없는 아이
슬픔이 커진 풋풋한 묘비 가슴으로 안아
한산대첩 낯설음과 맞물려 다가오는
승전고 북소리다

침매터널 타고 왔나
티 낼 수 없는 나라 걱정
하늘에 머뭇거리는 독수리 한 마리 가부좌 틀고
저어라 파도 없는 바다 휘저을지 모른다

변곡점

도랑물이 모여 바다를 이룬다는
수평선 끝은 어디일까요
물속에 휘몰아치는 한줄기 빛
마법 같이 세워진다

바람 한 점에도 불빛은 흘러내린
햇볕에 피어나는 커피숍에 쪼그려 앉은
폐수 따라가는 물결은 버려진 꽃이다

끊임없는 굴곡으로 부딪치는
가로등에 걸린 목마른 초승달도
동무없는 유리창에 젖어 버렸다

포근한 귀한을 꿈꾸는
푸른 얼굴로 낯설어서 되돌아
한바탕 머물다가
벅차오른 힘이 가면을 쓴다

섬

섬이라는 말은
그리움의 뼈가 자라나서
그 뼈가 남긴 사리일까요?
불러볼 이름조차 없는데
내 그리움만 저 홀로 유배 가서 위리안치한 곳,

긴 세월에 늙어
수평선을 등뼈로 거느리고
섬이라는 이름으로 저무는 하루

사랑하는 이의 이름을 부르다가
목이 쉰 갈매기는
깃에 부리를 묻고 기다림을 묻고
별 없는 밤을 건너지만
그리움이 아니라서 무탈하다는데

파도는 내 안의 사원寺院에
그리움의 탑을 세우려는지
탑을 세워서는 그리움의 사리를 봉안하려는지
굼늬로 몰아쳐 오는 파도가
내 명치 끝을 죽비소리로 치네요

밸러스트수水에 실려 온 흑해의 홍합

부산 신항만 부두 11번 선석 안벽岸壁에
누가 내건 절규의 호소문인가
흘림체로 새긴 글자처럼 붙어 있는 홍합들
낯이 익어 자꾸만 눈길을 끌어당기는데

오데사항에서 채운 밸러스트수*가
우크라이나 소녀의 눈물이었을까
흑해바다 연안에 서식하는 홍합들이다

눈물겹다 강인하다

전쟁의 아픔은 세월 가도 다스려지지 않아,
결코 잊혀지지 않는다
내 안 상처 딱지를 닮았다

난민으로 숨어들어와 발붙이기까지
신산辛酸의 눈물 얼마나 흘렸을까

저 무지막지한 굼뉘에게
영혼까지 탈취당하는 모양새가
전쟁고아 같다

파도가 칠 때마다 홍합은
바다의 깊이로
가슴 앓는 소리를 내며 운다

* 운항시 선박 평형을 유지하고 최적의 속도와 효율을 내기 위하여
  선박 내 탱크에 싣는 바닷물을 말하는 것으로 선박 평형수라고도
  한다.

옥수수밭

은근슬쩍 남긴 발자취
오래된 관습 버리지 못해
서걱거리는 모양새
햇살 좋은 날 비모라이트로 웅켜진다

출렁이는 물결이 고개죽여
낡은 헌 옷 바삭거리며 운다

아련하게 피어난
실낱같은 채색된 무늬로
어렴풋이 미문되어
거슬려 되새겨 보는
옥수수 피리불던 멈춰진 시간
그리움만 밭을 흘러다녔다

자갈치 시장

햇살 좋은 날 집을 나섰다
달라붙은 짜릿한 바다내음
뱃고동 나래 위에 사방에서 몰려든
애절한 눈빛 해풍에 찌든 얼굴
좌판 위에 파도 입은 고등어 눈물
질긴 찬 바람 밀려와 옷섶을 적신다

꽁꽁 묶어있던 기름 값 밧줄은
어쩔 수 없는 땀방울
넘치도록 담아 더 이상 보채지 않는다

자갈치 아지매 곁눈질하는 고양이
검은 비닐봉지는 입 벌려 하늘을 보고
갈대는 흔들리지 않고 서먹거렸다

광안리 어방축제

삼 일간 바닷바람에 널어 말린
곡선이 귀엣말로 속삭였다
포옹하는 시선들이
현기증 붉은빛에 매달리고
숱한 빗살무늬로 사포질을 한다

경사좌수사 행렬 멋쩍게 가면을 썼다가
축제는 절정에 흥을 돋우는데
뗏목에 매달린 전두어화
도공 정신을 나섰다

달팽이관 달그랑거리는 백사장에
어방그물끌기 리듬속에 나선
휘몰아치는 바람에 아이들 꿈은 나누고
레전드무대에 올려 단조음 태웠다

땀냄새 나는 대반전이
가슴 깊이 젖은 바다가 웃는다고
광안대교 꺼지지 않는 불빛은
마법같이 타오르는 초대손님

별빛이 간간히 쏟아지고
밤바다에 빠져든다

고향집은 그리움 속에만 있다

삶이 팍팍해서
속세를 버리듯 고향 찾아
장승포 두모리 온 날,
집도 반가운 얼굴들도 보이지 않고

뭍으로 떠난 이들 그리워
넋을 놓고 바라보던 어린 날의 바다에는
갈매기도 울다 지쳐 떠나갔고

아버지가 밤낮없이
바다에 뿌려놓고 가꾸며 돌보시던
당신의 수채화 자화상은
인간들이 흘린 폐수에 일그러진 얼굴로 울고 계시고

배가 산으로 간다는 말이 사실이었나
우리 집 안채 사랑채 별채, 그 너른 터를 깔고 앉은
덩치 큰 배 한 척
앞가슴 열어놓은 채 졸고 있다

저 정신줄 놓은 오수午睡를 깨울 묘수는 없나
'회사 사수, 결사 항전'

머리띠의 붉은 글씨조차 녹아내릴 듯
비장감 가득한 뜨거운 여름날의
○○조선소에는 적막만 익어갈 뿐,
용접 불꽃같은 젊은이들
눈빛은 어디로 갔을까

이래저래 그리움과 궁금증만 잔뜩 그러안고
돌아, 돌아보며 부산으로 다시 왔다

오륙도 뗏마

컴퓨터 화면을 비켜가는 든바다
처진 어깨 외골수로
물 만난 기억은 맛깔 나는
좌판에 허리펴고 마주 선다
오륙도 갯바위에 질기게 붙은
홍합 붉은 파도에 저당 잡히고
조부가 물려주신 백살 뗏마
소쿠리 덮는다고 햇빛이 가려질까
스카이워크에 앉은 수선화 입조리
허물어진 경계에 굳어지는
힘에 겨운 여도 제 몸 내어주고
은근히 다가오는 7물 8물에 노를 젓는다
폭동에 맞서 부서진 뗏마
남루하여도 다시 만들어 해신에게 빌고
뭉쳤던 허리 통증 가면을 쓴다
빠져서 앓아눕던 엎어가는 시간
하늘에 닿으면 날카롭게 이별하고
발악해가는 포말 바닷새에 물들다
어촌 계장이 무얼 위해 탐냈던 것인가
까마득하게 묻혀 지내온

폭풍이 지나가고
단단하게 내뱉은 찾아헤맨 꿈
후끈한 열기 스치듯 꺼내놓은
파도 끝에 선 맨발에 꽃이 핀다

오래된 파일

바람 한 줄기에 파도는 일어서고
퇴색된 그림은 눈 밖에 맑은 모습이다
민들레 발길에 밟히고
붉은 눈물 빗물 타고 흘러 내렸다
걸어온 길이 등 뒤에 질펀대도
푸른 불빛은 가물한데
어물쩍 지나가던 날이 얽히고 있다
어둠 속에 떠오를 때마다
마른기침 삼키는
허우적거리는 모양새
파도에 키우던 바람소리는
허탈 웃음이다
함박눈이 내려 온 앙상한 가지에
매달린 홍시
흘러온 뱃길이 파도 타던 몸은
파도에 밀려 온다
달라붙은 밧줄 끊어진 빨랫줄 되어
몸은 진폐증 앓아 누웠다
오래 된 파일 하나 가슴 속에 묻어 두고
앨범 넘기듯 뒤돌아 눕는다

대답 없는 꽃

온종일 펼쳐놓은 바닷가
윙윙 소리를 내며
퍼런 피멍 보일까 봐
앞가슴 다정하게 여미신다

바람 잘 날 없는
고단한 이별 뒤에 깊은 한숨은
수면 위로 잔잔히 올라왔다

찬바람 불어 노란꽃 흔들리는
가여워하시던 어머니
바람 따라 가시려나
목메여 불러 봐도
대답 없는 꽃들이여

대변항 멸치

가을 멸치 안고 돌아온 배
팔둑이 멸치 터는 어부에
살아피는 생소리
배인 소금기 떨어내며
들숨날숨 그물코에 걸린다
등대에 밀려난 수평선은
깃발 세운 하늬바람에
멀리 물러나 앉고
접착제로 붙어 있는 살부치가
소금에 서려 있어
허기진 주름살이 골이 깊다
무더기로 내팽개친 파도
난전에 벽적이다
갈매기 날개에 대변항을 담아두면
비늘 넘어 반짝거리는
노을은 가슴에 피멍이 들어
뱃전에 살며시 기댄다

기장 다시마

학리항에 머리 푼 그물 바닥에
구름 낀 하늘이 무겁다
대를 어어 온 뱃일 젊은 패기가
흠잡을 곳 없는 햇살 파도를 탄다

태풍에 뭉친 상자에
마르지 않는 바다 해맬 때
붉은살 맨몸으로 눈을 뜬다

꿈을 채워 수없이 넘어진 허기라더니
거센 물결 만만치 않는 바다에
파도에 맞서 달려 관절염 앓았다고
뱃전에 앉은 갈매기도 울음을 찢었다

멸치젓갈에 바다 한 입 돌돌말아
끈적거리는 비에 젖은 저녁
덮치는 입안에 미끄럼 넘어가는
멈추지 않는 드라이브에 걸린
더부룩한 배 뻥 뚫리는 순간
태풍 소멸 고향 맛이다

대문 앞 대추나무

하늘 아래 넓은 대지 놓았는데
낯선 길들어 인고하는 나무가 있다
황량한 들판에 홀로 선 나그네
매미 참새 친구되어 노래 부르는
모진 비바람 태풍 상관없이
쇠땡볕 아래 알알이 맺은
허약한 주인 보약 챙겨주고픈
바라만 봐도 좋은 너이기에
가슴 활짝 열어젖힌 채
솔솔 바람에 누렇게 익어간다

해운대 리버크로즈

– 바다와 강을 잇는 도심형 유람선

흔들리는 물빛을 모르는
나뭇잎 한장 띄우고
춤추는 하늬 바람에 태워보는
수평선에 흘려버린 '아리아의 밤인가'

피할 길 없는 가슴 떨려온다
광활하게 흩어지는 물거품
젖은 실루엣 하늘을 나른다고
머릿속 언어 점멸되었을까
비울수록 넘치는 그릇에
사방에서 쏟아지는 푸른 빛이 고인다

순풍을 만나 떠도는 파도
다이아몬드 브리지 교량에 질기게 붙은
담치국물 한 그릇 마신다

흔한 말보다 꿈꾸는 파도로
불변을 지우던
맴도는 바람이 여기에 있다

수족관 속 바다

수족관에는 바다가 있다
들썩이는 물결이 뉘어지고
어긋나버린 섬에는 블루문이 만삭이다
유리벽에 바다 면은 수직으로 앉고
애당초 바다 키가 없다
가로등 아래 종점을 향해서
체면을 걸고
허술한 상술에 허리 굽어진다
바다는 층을 쌓고 적선을 베푼다
작은 입으로 바다를 다 삼키고
하늘을 보며 트림을 한다
골목길에는 젊은 장미꽃들이 모여
가로등 위선은 은빛 무늬를 짠다
세밑 부풀어 오른 풍선이
언제 터질지도 가늠하기 힘들다

바다를 읽다

　방파제에 저녁노을 지고 있습니다 가는 세월이 아까운지 허무한지 아까부터 붉은 노을 더 붉어지라고 한 사내 노을 쪽으로 두 다리 뻗고 노을과 대작중입니다 그들이 연출하고 있는 풍경 장엄해서 엄숙하더군요 숨조차 함부로 내쉬지 못 하겠더군요 술은 노을과 사내가 마시는데 취하기는 바다가 더해서 주사酒肆를 부리더군요 사내의 눈에는 귀엽기만 한지 소주병 빌 때마다 밑밥처럼 던져 주는데 파도는 그때마다 고기 떼같이 앞 다퉈 몰려와 나팔을 불어대더군요 나까지 끼어들면 이 푸른 별이 붉게 화난 얼굴 될까 봐 살그니 물러서는데 술 취한 바다가 내 옹졸함을 읽었는지 까치놀로 까르르 까르르 웃어대더군요 그 모습에 난 그만 꽉 붙들려 지켜봐야 했는데 바다와 사내와 노을의 끈끈한 우정은 하루 이틀이 아닌 것 같더군요 어둠이 그들의 사이를 갈라 놓으려 하자 노을은 고분고분 자리를 떴지만 바다와 사내는 한 몸으로 뒤엉켜 울더군요 너무너무 애절해서 달랠 엄두도 못내고 지켜보고만 있었습니다 상현달이 개밥바라기를 무등 태우고 수평선 따라 먼길 갈때까지

비둘기집

작은 창고 안에 둥지 틀었다
계면쩍게 내미는 눈빛
자동차 지붕 위 쏟아지는 배설물
병풍에 그린 달이 덧칠하는 그림이다

달라붙은 세입자
초롱초롱 품어 안은 새끼
약해지는 마음
함박웃음으로
한 가슴 가득 채우는
달을 보고

2부

양미리

선외기 줄을 선 선창가에
모항을 떠난 배가 돌아오면
군살없는 몸매 미인 있다

양미리 따라가는 남정네들
땀방울 맺은 숯불 위에
함박눈 내리는 염분 뒤엉킨 실타래는
감추고 싶은 눈물 시나브로 붙잡고
주름은 주름끼리 안부를 꽃 피운다

고삐가 풀린 기름값에
미인을 팔아도 가난은 대물림
소용돌이치는 물결 위에
철조망에 걸린 미인은 바다는 마르지 않는다
햇살을 맞은 마른 몸이 갸날프다

칼바람에도 흔들리지 않는
묵언은 갯바위에 서 있는데
옹고집을 열정하나로 맞물려
불면을 걸어가는 발자국은 계면쩍다

내 이름은 마도로스 박朴

눈에 끼어야 할 콩깍지는 끼이지 않고
허영 끼가 끼이면 십중팔구 바람난다
고무신 거꾸로 신은 여편네 찾아 헤매는
옹졸한 서방도 아니면서
손바닥에 침 바르고 조타륜 움켜쥐면
지구의 끝까지 가야 직성이 풀려
여기, 르네상스 발상지
이태리 항구도시 피렌체 와서
시詩를 읽어야 할 눈에 뜨인 것은
예술이 아니라 허영이었으니
단테보다 구찌GUCCI가 먼저여서*
아내의 허영을 키운 바람의 팔 할은 네 탓이라
굳이 변명할 생각은 없지만
모히또 차 한 잔에 술이 오른다는 백인여자이마빡에
내 여자라는 증표로 찍어 준 '립 스탬프Lip Stump'는
아직도 판독할 수 있는지
마도로스파이프 담배 인기 속에 눈이 자꾸만 흐리다

 * 단테와 구찌의 출생지가 피렌체이다
** 입술 도장이란 의미로 조립해 본 말

입석

고속열차 내 나이만큼 달린다
내려 놓아야 할 짐
두드러지게 않았다

앞만 보고 달려 온
자갈밭 꽃길 걷던
눈뜨는 방향은 찾는다

영화필름 같은 스치는 인연
호수에 바친 벚꽃
빠른 시간 속에

내 자리가 아름다운 풍경

바닷새

덜깬 불빛이 떠오른
수만 마리 어류를
흩어진 구름 사이로
느슨하게 올렸다

태풍 경보가 내려도
올라오는 태풍
사명감을 걸 땐
운명뿐
소나기가 몇 차례 내렸다

낮은 하늘부터
파도 속으로 잠겼다 떠올라
동화 속에나 있을 이야기들이다

노을이 데려 갈 것 같은
몸부림 치는 파도 위에
짠 눈물이 가슴으로 쌓인다

삼천포항

거룻배 사열받듯 도열한 선창가
진눈깨비 흩날리고 있다

시린 어깨에
가출하듯 하선하는 어부들
묵은 달력 한 장에
움츠리고 있을
바람이 싫어
수은등은 부풀어 오른다

초조한 몸짓으로
눈 내리는 허공을 향하여
솟아오르는 그리움
빈 가슴 열어두었다

비린내 거주하는
선창가 빠른 시간을
줄지어 놓고 어슬렁거린다

서귀포에서

박쥐똥 눈빛 같은 어둠에서
하루방 가면을 쓰고
새벽잠을 깨우는 일출
황금으로 물들다

밝은 햇살이
푸른 물결로 씻어버린 어둠
이중섭거리 서성거리며
들려오는 파도소리 잊었네

황금에 눈 먼 내가
묵정밭 버리고
다시 떠나올 것인가

까맣게 잊어버린 아들 전화
물색은 갈색으로 변하여
내 길을 비추고 있었다

가족

시끌벅적 하던 가족
유리창에 낀 습기 같은
해가 뜨면 제갈길 찾아간다

배부른 냉장고
한 달 곳간 차 있으니
플랫폼이 빨리 바뀌는
변하지 않으면 화석이 될까

눈덮힌 들녘을
질주하는 고속열차
먼 곳에 있기에 그리움도 있다

복어

내 어릴 적
우리집 앞마당 바다에는
복어가 둥둥 떠다녔다
싸리문을 열면 비린내가
스멀스멀 올라오곤 했다

저녁 무렵 어머니는
떠다니는 복어로 국을 끓이셨다
한참을 지나서
바다가 웅성거렸다
동네 사람들 모기떼처럼 달려들었다

운동장이 된 앞마당에
할머니를 안고 돌아다녔다
독한 놈 만나면 맞아 죽는다고
할머니 뺨을 때렸다

피를 토한 할머니 몸속으로
묵직한 주사기가 꽂혔고
바삭 마른 생선처럼 누워

초점 잃은 눈으로
깜박이는 고깃배를 기다렸다

가끔 앞마당 바다에 떼를 지어
다니던 고기들이 있었지만
더 이상 복어는 떠다니지 않았다

새조개 날다

여자만 새조개 하늘을 날다
얼음에 채어진 상자 안에 새는 우울하다

역마살이 반복되는 일상속에서
바다를 해쳤다고
풀어 놓은 지상 위에서
냄비 속 초원이 끓고 있다

찰나에 낚아채는 작은 손
인플란트 입속에 펼친 날개는
샤부샤부로 떠도는 그림자

여수 앞바다에서 온 기별에
혀끝에서 감도는 뜬금없는 맛
흔한 말보다

몸풀날 기다리는 매화꽃
수줍음으로 물들어
푸른 네온 불빛에 젖는다

풍경

겨자씨 만 한 심장은
숨만 쉴 뿐

노랑나비 꽃잎을 말리는
빨간 양철지붕에 낮게 앉는다

보리밭 푸른 물결도 한 때인데
거미줄에 얼킨 전깃줄 시간 속으로

흩어진 풍경 탐냈던
입맞춤 돌아오는

국밥에 말아넣은 뜨거운 입김
피어나는 비닐하우스 사이로
다문다문 복사꽃 이고 간다

대구

정오 햇살이 등을 기댄 어물전
대구 배가 옥녀봉이다
가건물 한 채 점령하고
불을 켠 백열등이 눈이 부시다

갈바람 속 맨손으로
아가미 알젓 담고
두레상에 앉아 호호 불던 바다 한 그릇

좌판 위에 널브러진 허기진 그리움을
비늘과 아가미 틈새 끼워 넣은
어머니 걸어 나오신다

거제도 1

내 안에 남겨진 옹이
뼛속까지 떠나지 않는
눈물이 사립문 열어 놓고 기다린다

동백꽃 돌담에는 방파제가 뻗어와
입술로 뜯긴 흉터가 침묵으로 있다

흰 구름 몰고 온 파도
보듬어 품어 주고
바위에 접착제로 붙어 있는
고둥 무진장 주워담았다

모자랄 것 같은 인연 줄
너를 안아야만 기름에 찌들지 않는다

어렴풋이 기억 너머로
남루한 생각들이
의지하던 부모님 부초같이 떠나시고
다림질하는 햇빛이 파도를 말린다

거제도 2

고깃배는 계선줄에 묶어
어촌 마을은 변신했다
갈치 멸치 떼가 유영하던
기름에 절여 하늘만 보고
그리움 한 스푼 찾으러
어눌한 어조로 마이홈
손발을 섞어 반복했고
노란 수염 외국인 황당하다는 표정이다
적군이 바다에 대포 쏘듯 연발 노우
돌틈 속에 비집고 나온 원추리꽃 살짝 웃어주고
가끔씩 그려보는 떨리는 꼽은 눈이다
용접하는 불꽃이 어디로 튈지
햇살은 조선소 도크에 어슬렁거리고 있다
정박한 채 건조되고 있는
태평양은 주름잡을 유조선이
고래 등에 집착하는 초병이 되어
마음 하나 묻는 자리
이웃이란 끈을 보내기 싫었다

가을 타다

하늘에 목화솜 꽃이 피었다
늙으신 어머니 콩을 키질하고

까맣게 잊어버린 추억 하나
뛰노는 아기염소

기억 한 모퉁이 서성거리며
묵정밭 버리고 떠난 가난

지는 노을이
아기염소 꼬리보다 짧다

고해 1

폭풍의 바다는 예정된 것이 아니에요
높이를 잴 수 없는 험난한 파도 행렬을
지혜로 함께 달려 온 시간이에요
가난이 만든 눈썹달이
어쩔 수 없이 떠 있어도
두터운 방어벽 속에 있는 에너지를
다시 돌아보는 어제 같은 날들을
오늘 밤은 죄다 내다 버렸어요
시간과 사투하여
인도양을 통하여 서쪽으로 향했어요
뭍으로 나와야 사는 맛
긴 터널 같은 바다를 베고 살았어요
돌아온 육지는 낯설음
아찔한 시간들을 하루를 멀리하고 올 때
시간맞춰 울어주던 갈매기도 심장 안에 머물러
서먹한 가슴이 되뇌어도
꿈을 싣는 깃발에 내일을 믿어요

고해 2

시치미를 뚝 뗀 수평선
욕망을 채울 때는 달음박질하듯 뛰었다
흔들린다는 것은 어지럽지만
리듬으로 착각하여 별빛 신호
허공을 나르는 푸른 물결도 한 때이다
한 번 뿐인 경험을 너에게 줄 수 없어
청명한 하늘에 맡겨
오래전 꿈꾸던 오대양 육대주
찬란한 꿈이 원픽으로 심화되었다
텅 빈 시간 날게 펴다
타이머신 타고 올라온 힘일까
고기만 잡는 곳이 아닌
바다를 사랑해야
구토도 할 수 있어
자유이면서 감옥 같은
얼룩진 눈물이 달빛과 화합한다

수영역

흰칠하게 큰 나무가
가을 엽서를 쓰씁니다

지하철 계단 오르는 여자는
붉은 립스틱 바람에 빠졌습니다

휘파람 불며 무단횡단하는
바싹마른 골판이 부서지고
탈곡하고 남은 볏집
콘포사일리지 눌려 앉아습니다

선남 선녀 팔짱 끼고
푸른 불빛은 재빠르게
날아가고 있습니다

건널목 여자

가을 햇살이 내려 앉은 오후
멈춰진 시간 떠나가면
맺어지는 곁눈질
웃음으로 화합한다

뚝뚝 떨어지는 고사당한 날들이
천원짜리 지폐 뭉클하게 토해내는
가로수 나열한 은행나무
탈곡을 은행으로 간다

대저 토마토 축제

옹기종기 쌓아놓은
상자는 하늘을 나른다고
고사리 손 매치기 벽
얼씨구 빗나간다

장터줄 집어삼킨
국밥에 넣은 입김말아
빨갛게 익었다

새롭게 장막이 열리는 문
너불어진 유행가 재충전 하는
뜨거운 감성이 허공을 갈랐다

녹슬어 가는 청춘을
물 드는 밤 초승달이
퍼뜩 떠올랐다

붉은 바다

붉게 물든 바다
원고지 한 장을 펼쳐 놓아
한 줄 한 줄 써 내려가는 파도가 있다

포기할 수 없는 약속
부표 위에 앉은 갈매기
소란스러운 소리가 축제장이라고
이웃 배려하는 사람들
허공을 맴도는 사이로

아득한 그리움이 번져
다시는 돌아올 수 없는
먼 길 떠나는 파도
쓰고 또 써서 저장해 두었다

흔들린다는 것은

오늘도 자고 나면 초토화 시키는 게
급선무라 배는 무너져 내려앉아

바닷새는 끼룩끼룩 솟구쳐
따라와 맞붙어
알 수 없는 울음소리 흔들린다

바람에 잃은 길을 뱃머리로
저울질하며 내공을 쌓아온
파도와 사투 길길이 뛰는

부풀어 오른 광활한 파도가
되돌아와 기도문을 밀어올린다

3부

감포 송대말 등대

바닷가에 허리 굽은 노송
푸른 절개 달마저 기울고
꿈을 꾸듯 바다 늪에 빠졌다

동장군에 얼어버린 마음 밭에
허물어진 눈동자는 속삭이듯
갯바위에 앉은 갈매기 엿보는 목련꽃인가

수평선 기웃거리는 수줍은 여인
초록빛 부서지는 시간들
뱃고동 가락에 하늘이 젖는다

바위 위에 푸른 근육 저당 잡히고
물거품 앓는 소리에
가부좌 틀고 아롱거린다

언제 봄이 오는가 1

수학여행 가는 길이에요
새 옷을 입고
새 운동화로 갈아 신고
햇빛을 꺼내요

조금 창백하지만 부드럽지요
신바람 나서
산들바람 노래 부르기도 해요

약속한 장소로 가요
어디선가 먹구름 한 점
햇빛을 걸치고 있어요

물 위의 집 SNS 편지는
넓은 편지에요

광활한 바다의 발작을
모르고 썼어요

공갈빵 부풀어 오른 바람이
자꾸 나가자고 했어요

창을 가르는 물폭탄은
빛을 보기 위해 사투를 벌였어요

밤도 아닌데 어둠이 찾아와서
지은 죄는 없어도
용서를 빌어 보았어요

우리를 토닥거려 어르며
어쩔 줄 모르는
선생님도 슬퍼하고
햇빛은 보기는 쉽지 않아요

밤새 퉁퉁 부은 몸이
옷고름 비틀며 나가요

죽은 친구를 걸친 사람들이
피곤한 얼굴을 문지르고 있어요

막막한 핏빛으로 물이 들고
어떻게 빛을 감싸 올릴까요

언제 봄이 오는가 2

고둥이 풀어 놓은 아이들 기어다니고
덜 깬 햇살이 바닷가에 걸려 있다

객지에서 온 사람들 길을 모르니까
거미줄 엉커 먹어야 산다고
시래기 국밥을 말아보는데
포도청 목구멍 넘어가지 않고 걸려 버린다

바다에 눈물샘이 시나브로 흐르고
웅성웅성 눈물방울이 모여 바다가 되었다

멋 모르고 젖 먹는 아이
예쁘기도 하지만
아이는 눈에 안 보이고
절망에 쌓인 현장은 먹구름만 잔뜩

바다는 더 이상 절망이 다가오지
않길 바랄뿐
귀무가설歸無假說 이 윷놀이하듯 판을 치고 있다

* 귀무가설(歸無假說) ; 기존에 알려진 내용

66

부부 어장

새벽부터 홀리듯 바다에 맞선다
폐선 같은 낡은 배
거북이 등짝 묵직한 손
밧줄은 단단하여 무겁다

바람이 휘몰아쳐 밀려가는 배
크게 부서지는 물벼락이다

부부싸움을 넓은 바다에
그물 펼쳐 놓듯 터뜨리고
부스스 잠깬 싸움질에 틈타
고기를 날쌔게 빠져 나간다

방랑하는 그물
외로움에 묻혀 있는
가자미 몇 마리 발버둥 치다

덤으로 딸려 온 큰 문어 한 마리
가난을 새까만 먹물에 실었다

게으른 햇살이 고개를 내미는 하루이다

수영강

민들레 씨앗 하나 날아가는
실안개 밀려오는 저무는

강에 발을 묻는 솟구치는 물새
저녁 불빛에 담아두면

달 하나 키우고 싶은 강도
그리움을 닦고 있었다

흐르는 물에 부대끼며
서로 손을 잡고

낯선 바다로 흘러가는
삶의 긴 여운을 남기고

울지 않는다

누렇게 익은 벼가
불빛에 젖어서 춤을 춘다

반딧불이가 서글프게 매달린다
암흑 속에서 등불을 준비 하듯이
하늘에 오르는 풀꽃 노래

가끔씩 허공에 팔을 휘저었다
서글프게 우는 풀벌레들이
세상을 빛으로 밝히고

포물선을 너울너울 그리며
울지 않는다

저녁놀

여름 지나 가을
머리를 쓰다듬어
낯설다

영화에서나 나올 황야
붉은 흙먼지 실었다

멈출 수 없는 늪 속으로
뭉개지는 바람이 스쳐도

숨어 있는 물살에 휩쓸리며
떠돌며 내품는다는

거짓 없는 마음 속삭이듯
어둠이 내려와 슬프다

아름답게 물드는
반짝이던 그 눈빛

별빛은 이제 보인다

끊어져
이어지는 인연 줄인가
아직도 헤매는 나그네
방심하다가는 위험해 굵어진 빗줄기
황당하기 그지없는 표정들이다

속을 뒤집어 털어내는
독항선 힘없이 기울어
중심을 잡아라 숨가쁘게
봄날 기억 변하는 것이 바다다

잊은 꿈이 꿈틀대듯
물빛은 푸른 기운이 되살아난다

망망대해 그리움도 불러주지 않으면
데려갈 것 같은
별빛은 이제 보입니다

언니

푸르기만 하던 시절
새벽 안개 쓸쓸한
차조심해라 손짓하던
원추리꽃 돌담에는
그리움이 덮친 흐릿함
허리 굽은 할머니들 눈을 씻고
내다봐도 지하철 만석이다
멀리서 흔들리며 떠나가면
커져가는 불씨 허망한 세월
고속도로 달리는 마지막 소풍
온종일 어질어질 타는 가슴
어둠이 매료시킨 얼떨결에
한여름 밤 멍석에 심연으로 빠져
도란도란 둘러앉아 정감이
고둥 까먹던 파도소리
은하수 새어보던 꿈결 같은
어렴풋이 꺼내드는 추억
남쪽 하늘 별 하나
눈물 너머로 반짝거린다

먼지가 되어

은빛 찬란한 시절
못 잊어
자판에 크게
눈 뜨고는 누워있어
어느새 프라이팬
갈치 화장한
먼지 될 줄은 모르고
무섭다

어느 날 문득

눈물겹던 역사의 소용돌이에
우리나라 경제에 주춧돌이 되고
몸부림치는 바다 위에 낮달
넓은 배 안을 비틀댄 적 있다
붉은 파도에 지푸라기 잡은 홀로서기
품에 안겨 준 종합세트 같은
까마득히 희미해져가는 눈동자
심장까지 할퀴고
밤새 뒤척이던 파도
안개 속에 냉혈한 손길로 어루만졌다
물살이 잡힐 듯 가깝게 느껴지는
길모퉁이에 서서
비워 놓을 수 없는 무심한 바다다

깡깡이 마을

침묵과 어둠이 한테 엉켜 점령한
허공을 나르는 바람이 흔들면
긁어놓은 주름 길을 따라가고 있다

건조하고 있는 조선소 저녁 바리케이트
마음대로 넘나드는 방파제 파도를 말린다

갑오징어 먹물 들었다고
매달리며 잘난 척 해도
별 수 없이 바다에서 밀려나왔다

용접 불꽃 튀는 소리에
고개 내밀고 있는 붉은 산
스크루에 밀려서가 아니라
닻을 먹어치운 힘으로 길을 떠났다

허리 굽은 노송

산길에 흩어져
비탈에 선 소나무
무심코 밟고 가는 뿌리

새벽 이슬에 맺히던
자신 몸 내어주는
발길에 차이는 설움

잠시 빌려 걷고 있는 길
뒤돌아보면 애틋한 마음
꽃길이 아니라도
하늘만 보고 있다

모른다고

한 무리 사람들이 몰려오고
자신 목숨보다 타인
갑옷 같은 옷 아무나 입을 수 있나요

오랜 경험으로 다져진 몸매
누가 누구를 위로할지 몰라요

백열등이 바지선 주위를 비추면
잠수함 바다 속을 가픈 숨 몰아쉬고
바다 속을 훑어볼까
다시

오징어

부풀어 오른 몸
해초에 막혀 세파에 밀려
갈기 찢기고 모래가 뿌옇게 되었어요

입담 좋은 술꾼
꾸역꾸역 씹어
잘난 놈들이 해쳤다고

쉽게 얻어지는 것이 아니잖아요
뜬 구름이 어떻게 변할지
발가락 하나는 떨어져 오래 되어서
몸값이 예전보다 부풀어 올랐어요

바다와 육지 기억 모퉁이에
젊은 청춘들 청국장을 거부하는
사람들도 좋아해요

물살이 세차게 밀려와도
굳은 몸 변함이 없어요

통증

지나가는 앞 차들
꽉 막혀 있어요

한참 동안 정신을 잃었어요
안도의 한숨은 없었어요

모든 것은 순간 선택이 아니라
순간적 일어나는 통증

아침에 작은 개미 한 마리
죽었는데 후회했어요

겨울 햇살을 받으며

산다는 것은
허물을 벗는 것이다

유리창에 몰래 들어온 손님
침대 위 흔들며 깨우는
번데기 허물 널브러진 옷
다림질하여 놀다

잠자는 책 먼지 날려
해탈한 가면을 잊지 못해
게으른 뇌색여 춤추게 한다

거기서 거기

땡볕이 대지를 달구고 있다
바다 속 스크류 튜브 잠겨
그림 같은 전시관 순결
숨바꼭질 하는 떼 지어 다니는
뭉쳐야 살 수 있다고

숲 속은 매미가 콘서트 하고
바다 속이나 육지나
매한가지 사는 것은

앞서거니 뒤서거니
해본들 잘났다고
거기서 거기다

별은 내 가슴에

작달비가 심하게 내리는데
실신한 폭풍 속에
희미해져 버린 문은 닫아 버렸다

부딪쳐서 차갑게 스치는
잠드는 하얀 바닷새
소금에 절여서 짭짤하다

대동맥 같은 혈관
핏물들이 끓이지 않고
박꽃 같은 파도 뭘 하나

멸치 파닥거리며
어쩔 줄 모른다

단상

흐르는 물이
오늘 물이 아니듯
자리에 연연하기 보다
게슴츠레한 눈빛은
덕장에 눈보라 휘몰아치던
변신술이 눈물겹도록
오묘해서
쑥스러운듯
멋쩍게 웃었다

눈꺼풀

가끔 바람이 관계를 지탱해주는
간신히 억누르며 묻는 말
오랫동안 슬픔이었던 단어였다

에워싸는 모호함이 버거워
포장해 놓은 샛길
꽃잎 마저
바람에 업혀간다

4부

일출

– 광안리 해수욕장

새벽 발자국 하나씩 모여든다
냄비 속 달아오른 개구리 광안리를 채웠다

가슴 속 숨겨 둔 모래알 마음 밭에
두 손 모아 기도를 올린다

파도는 스스로 해탈하여
함성에 매달린 비경이다

파도 넘기를 간절히 바라는
심지 하나 심어 놓고
황금 꽃은 떠오른다

청설모 한 마리

등산로에 소낙비 떨어지는 도토리
태양의 따뜻함을 몰랐던
내려올 줄 모르는 인생
울꺽대는 산 밑에서
용달차 맷돌 갈고 간다

제 갈길 내달리는 갈바람 속에
허리 굽은 사람들 어쩌라고
청솔모 한 마리 곁눈질 하는
시려 온 가슴
옹이로 남은 밤
허둥지둥 낙엽 속에 묻는다

그냥 보고만 있었다

대추나무 아래 지푸라기
든든한 철근인가
부리기도 버거운
들키고 싶지 않는 도둑놈
종족 보존은 새들도 매한가지다

오른 집값 포기한 청춘들이
지푸라기라도 잡고 싶은 심정
그냥 보고만 있었다

가우도

갯벌이 민낯을 드러낸 오후
작은 먼지 한 조각

간직하지 못하는 사실을 느낄 즈음
내 몸은 세찬 바람에 흔들린다

짱뚱어 실게 시끌벅적한 갯벌
묻혀진 눈빛 침묵으로 가고 있다

수평선을 보듬어 뒤척이는
초대 받지 않는 바람 위에 편 다리

등 뒤에 짊어지고 가는 해
내일은 모르고 다시 떠오른다

해삼

마트 해산물 코너
진공포장 고향 바다 담아주었다

높낮이로 다듬이질하는
청정해역 숨바꼭질 하듯
뚜벅뚜벅 지나고 보면 꿈같은 날

메마른 입술에
짭조름한 그리운 바다
내 가슴에 머문다고

화분 속 고구마

화분 속 고구마를 캤다가
단단하게 감춘 속내
세 들어 사는 집
들러내지 않았다

핑계로 내몰린
챙겨주지 못한 아이 셋
먹지 못한 고구마 아까워서
보다가 두고 눈물이 났다
척박한 환경에서도 꽃은 핀다

대항마을 숭어 사냥

잠든 바다가 한 무리 파랑을 몰고
돌진해 오고 있다
물 아래 숭어 떼 포착하는 어로장 눈
그물 출구 못해 날뛰는 숭어 떼
지탱할 버팀목 그물을 당긴다
망대 위에서 숭어 떼를 관찰하던 어로장
일할 터전을 빼앗기고 어딜 갈까
며칠 사투를 벌이던 시간
작별하는 만선 깃발이다
숭어 반 눈물 반 뒤엉켜
가랑비 흐르는 가덕만
지는 노을이 슬프다

마라도

난판선에 부딪쳐서
햇볕을 가로막은 때가 언제인가
극성팬 난입으로 슬퍼요
얼룩진 나를 쓰담아 줘요
잔잔한 꿈이 원픽으로 심화 되었어요
한잔 술에 취하고 싶은 밤에
매달리던 바람
기다림이 서러워서
하늘 보고 절하는
정크 푸드와 불량식품도 먹지만
가부좌 이끼낀 붉은 가슴은 울어요

바다낚시

붉은 색 낚시꾼이다
얼떨결에 들어온 물살 고정시키는
진지한 몸짓 골똘히 들어가면
과분한 자신감으로
하늘을 걸어 꼿꼿하게 선다
조기 휘어잡은
해안가는 장엄하다
조급함이 없는 터줏대감 몰골
페스티벌 공연 몸을 뒤척인다
명상은 쓰디쓴 보약인가
어쩌다 오매불망 걸린 은빛 큰놈
하얀 미소 헤집어서 내동댕이친 모래밭에
출렁이는 들숨날숨 파닥거린다
기약없이 어물쩍 지나가던 날이
낚싯줄 걸어둔 에피소드에
한폭 그림으로 나뒹굴던
지렛대 세우는 근육이었다

알락할미새

밤새 내린 가루눈
포개는 작업 관계 방에
서서히 귀를 여는
지저귀는 새소리가 궁금하다
기운을 북돋는 자리에
직선으로 떨리는 나무
드문드문 드러낸 알락할미새
바람에 흔적을 어정쩡하게
사연을 주절이 쏟아 놓는다고

비오는 날이면

창가에 쏟아지는 빗줄기
허물을 씻는 마음 꺼내
끝없는 번뇌를 둘러싸일
뜻밖에도 둔중한 쓰라림이
고요 속으로 슬퍼 보였다
희미하게 따라 겪는 고통도
울컥 받아들이는 손길을
기억이 정수리를 쪼개듯
후줄끈한 낡은 하루가
고막을 터뜨릴 듯
무거운 침묵뿐이었다

고마운 이웃

무더운 여름날
메마른 수도꼭지
자연이 준 선물은
쓰다가 마음대로 날벼락 맞았다

날마다 싸움질 잘하는
높으신 분보다
구슬땀 흐르는 쏟아지는 물줄기
대형 송수관 수리하는 흔들리는 이름
하늘보다 높다

갯장구

노을 지는 하늘 사이
충열되다 허물어진
그대 눈이 석양 꽃이다

놀란 뱃고동 소리
줄을 서서 가는
계절에 순응하는 길을 떠났다

강 건너 불구경 하듯이
부서지는 파도
가끔씩 그려보는 희미한 그림자

킹조지섬

하늘에서 본 남국바다 얼음덩어리
작은 섬들이 조각나 떠다니고 있다

영하 40도 기온
강풍이 몰아치는 얄궂은 날씨
남극 킹조지섬

황제펭귄이 그런다 바다 임금은 나다
인간들 잦은 방문
불청객 취급당하고 있다

하얀 배를 들어내면 뒤뚱거리는 아이
넓은 초원에 아파트가 들어서듯이
빙봉 조각이 물이 되면

남극 주인도 날아갈까
두렵기만 한 킹조지섬에
하얀 낮달 하나 걸려 있다

5월

내 곁에 늘어진 끈
머리에 끼우는
스쳐 지나가는 시간들
먹이 찾아 날아오는 새들
너무 맑은
누가 데리고 갈까봐요
서둘러 집을 나선다

눈물이 가슴으로 쌓이고

덜 깬 불빛이 떠오른
수만 마리 어류를 헤쳤다

흩어지는 구름 사이로
갑판을 느슨하게 올렸다

작달비가 쏟아져
낮은 하늘부터
파도 속으로 잠겼다

노을이 데리고 갈 것 같은
몸부림치는 파도 위에
해벽에 부서지는 파도
짠 눈물이 가슴으로 쌓이고

어느 여름날

바닷가에 물장구 치던
깔깔대던 웃음소리 매달린
갯마을 빨래줄 걸렸어요
난생처음 본 실루엣
가슴은 콩닥콩닥 세포에 감지되는
내 감각을 깨워 놓은
땀방울을 씻어주고픈
다른 날빛으로
팽팽하게 부풀어 오르고 있었다

이별을 타서 마시고

무거운 어깨를 들썩이는
종지 바람에

싸늘하게 식어버린
여울져 당겨오는
커져가는 아픔이

한가롭게 웅얼대는 갈대
노을이 데리고 놀다

태초의 바다

바람이 지나는 허공은 마르지 않는다
격랑 속으로 길 떠나는 거룻배처럼
곰보미역에 막혀 창밖을 보지 않고
짙은 염분이 절여 있다

숱한 이웃들은
잘난 배들이 끌어가도
눈감고 있어야 하고
안으로 삭혀야 하는 울분
차디찬 눈물은 심해 노선이다

시새움에 휘말려
빨갛게 물들어 가는
태초를 보고 두렵고
때로는 죽음까지도 안고 간다

열어둔 넓은 가슴에
수평선 너머 떠밀려 온
시린 가슴을
녹여주는 낭만도 있다

광안대교

2024.09.03

작사 이순선
작곡 김일태

언제부터 인 가 나는 광안리 바-다에 길

게 길-게 누-워 있습니 다 으-음

파도가하 얗 게 깨어 지는날에는 질 푸른 몸

살 을- 앓 습 니이 다 밤

이면 내몸 어깨위에 는 오색 가로등으로 달아올 라 -

바다를가르는 은하수가 됩-니 - 다

전조등을밝히며-상 판 위 를 달 리는 차량의물결 은 내

몸 꽃 비늘- 입 니 다

회억回憶의 아름다움 또는 고향 찾기

– 이순선의 경우

임종찬 | 부산대 명예교수

Ⅰ. 시인은 감각이 다른 사람

예술 행위는 사물의 형태를 새롭게 만드는 과정의 작업이다. 예술가는 오감으로 느끼는 감각이 남다른 사람들이다. 틀 안에 갇힌 사고를 부수는 것은 물론, 고정관념이란 외피를 벗겨 내어 여태대로의 형상과 거리를 두는 작업자들이다.

예술을 다루는 학문을 미학(aesthetics)이라 한다. 여기다 부정 접두사 an을 붙인 anesthetics는 미학과 다른 마취학이라는 말이 된다. 사물에 대한 심미적 감정으로 읽어낼 수 있는 걸 미학이라 하지만 예술은 어느 정도 사물에 대한 집념이든 마취상태든 그 자체의 논리적 사고를 부순다.

우리는 예술의 실체 앞에 섰을 때 이것의 창작자는 이

것을 통해 그는 무슨 말을 어떻게 발언하고 있는가, 무엇을 목적으로 하고 있는가, 직설하지 않고 할 말을 감추거나 과감히 생략하여 이것의 수용자를 왜 어리둥절하게 하는가 등을 따지면서 우리는 작품을 감상한다.

베토벤이 청력을 완전히 잃었지만 그는 〈교향곡 제 9번 D단조〉 그리고 현악 4중주 여섯 곡을 쓰고 세상을 떠났다. 베토벤은 청각 대신 다른 상상 세계에 도취가 되었거나 심미적 마취에 이끌려 이런 작품을 남긴 것이다. 시각 그 너머 존재하는 상상의 무대 위에 서서 청각을 넘어서는 세계의 소리를 들었다는 것이다.

시인 역시 감각이 남다른 사람들이다. 보통 사람들이 사물을 보는 시각과는 다른 착시 현상으로 보거나 남들이 듣지 못하는 소리까지 듣는 사람들이라는 말이다. 익숙한 사물을 처음 본 양으로 착각하기도 하고, 영 엉뚱한 사물을 덧대어 애초 사물을 조작하기도 한다. 보통 사람들이 상상하지 않는 걸 상상하는 발언자가 시인이라는 말이다.

증명사진은 인물이나 사물의 사실성을 증명한다. 그러나 예술 특히 시는 사물의 사물 됨을 증명하려 하지 않는다. 시인은 사물이 풍기는 냄새나 사물 배후에 숨어 있는 의미를 해부해서 공개하는 외과 의사 역할이라 해도 무방하다. 시인은 이런 사람이다.

Ⅱ. 고향, 그 시원(始原)의 그리움

고향은 푸근함, 안정됨, 평화로움과 같은 인간의 내면적인 상태의 의미로 쓰이기도 하지만 달리는 삶의 질의 표현으로, 전통적 의미로, 이상향의 개념으로, 단순히 출신지를 뜻하는 지정학적 개념으로 쓰이기도 한다. 심지어는 현재적 삶터에서 선호選好와 관련해서 사용되기도 하기 때문에 여러 각도에서 다양하게 쓰임 받는 단어가 고향이다.

일단 고향은 고풍성을 가진 정신공간이다. 고향은 급변하는 시대에 따라 변모한다 해도 급변한 새로움의 세계가 아니라 예스러운 모습을 찾아볼 수 있는 공간이라는 것이다. 그러면서 고향은 회상성回想性의 정신공간이다. 고향은 나의 과거가 살아있는 내 삶의 공간이다. 그래서 고향은 늘상 추억과 동심이 결부되어 살아있다.

갈바람 속 맨손으로
아가미 알것 담고
두레상에 앉아 호호 불던 바다 한 그릇

좌판 위에 널브러진 허기진 그리움을
비늘과 아가미 틈새 끼워넣은
어머니 걸어 나오신다

― '대구' 일부

거제도 앞바다는 대구의 산란터다. 대구 알젓을 담는 어머니를 회상하고 있다. 이와 같이 고향은 풍경성風景性과 풍물성風物性의 정신공간이다. 고향은 어떤 곳이든지 간에 대개 어린 시절 뛰어놀던 들녘과 강, 산과 바다가 있다. 그래서 그것은 인위적 문화 저편에 있는 천연적 자연성을 지니고 있고, 풍속과 풍물이 현재적 삶과는 다른 데가 있는 그 나름의 고유성을 간직한 곳이다.

내 안에 남겨진 옹이
뼛속까지 떠나지 않는
눈물이 사립문 열어놓고 기다린다

동백꽃 돌담에는 방파제가 뻗어와
입술로 뜯긴 흉터가 침묵으로 있다

― '거제도 1' 일부

하늘에 목화솜 꽃이 피었다
늙으신 어머니 콩을 키질하고

까맣게 잊어버린 추억 하나
뛰노는 아기 염소

기억 한 모퉁이 서성거리며
묵정밭 버리고 떠난 가난

지는 노을이

아기 염소 꼬리보다 짧다

- '가을 타다' 전문

　　고향을 달리 말하면 은닉성隱匿性과 순수성純粹性의 정
신공간이라 할 수 있다. 고향은 일반적으로 시골과 바꾸
어 쓸 수 있을 정도라서 도회지처럼 노출되는 때 묻은
공간이 아니라 감춰지고 숨겨진 영역이라는 말이다. 문
명의 불빛이 내리쬐기 전의 자연스런 상태 속에서 사는
순수한 인정의 공간을 고향이라는 이름으로 사람들은
그리워한다.

　　　　뭍으로 떠난 이들 그리워
　　　　넋을 놓고 바라보던 어린 날의 바다에는
　　　　갈매기도 울다 지쳐 떠나갔고

- '고향 집은 그리움 속에만 있다' 일부

　　고향 집은 자신만의 은폐 공간이면서 과거 속에 살고
있는 삶의 공간, 삶의 뿌리로 남아 있다.

Ⅲ. 가려졌던 이름표, 혹은 자각

　　숨어있는 그림을 찾는 게임은 숨은 그림이 그림 안에
잘 녹아들게 하면서 기본 납득을 기초로 제공하는 게임

이다. 이 게임은 정직하게 정면을 직시해서는 알 수 없도록 미로를 설정하기도 하고, 아니면 방향을 바꾸어 보아야만 사물이 사물 됨으로 나타나도록 장치한다.

숨은 그림 게임과 달리 기본 납득의 기초를 제공하지 않은 흰 종이 위에 의미 없이 검은 점 7개를 찍어놓았다 하자. 이것이 무엇을 의미하느냐를 질문하면 각자는 각자 나름의 그림을 완성한다.

가령 북두칠성을 흩어놓은 상태라든가, 함부로 흩어져 있던 옛날 우리 집 사랑방 앞의 고무신짝이라든가, 찢어놓은 종이조각이라 할지 모른다. 의도 없이 점을 찍은 것이니 어느 것이나 맞다. 그러나 예술은 의도를 갖고 작업을 하기 때문에 작품 해석의 경우가 영 틀리도록 작품화하지 않는다.

〈교향곡 제 9번 D단조〉의 합창 피날레는 베토벤의 어떤 심사를 의도한 것일까. 이 작품의 최후의 작곡자는 음악 감상자다. 감상자가 이 작품을 자기 취미대로 재탄생하여 감상할 수 없도록 마치 숨은 그림 찾기에서처럼 기본 납득이 깔려 있기 때문에 영 엉뚱한 해석을 피하게 만들어 놓았다. 다만 베토벤은 이 작품을 대강 작곡하였을 뿐이고 구체적으로 작곡을 해서 가지는 사람은 감상자의 몫으로 남겨놓은 상태다. 시가 바로 그렇다. 구구한 설명을 피하고 구체적 사실성은 독자 몫으로 남겨 놓아야 시가 된다.

묵은 서랍장 속에 숨어있는
가을 빗장을 풀어놓고
등을 떠밀려 낯선 손 이어준다
마음 버무려 미풍에 흔들리는
매끈하고 늠름한 실수인가
안개로 쓴 모호한 표현이
서성거리며 불을 지피고
겹겹이 쌓인 아픔
한동안 잊었던 밤하늘에
별빛 찾아 나선다

— '카톡 편지' 전문

한동안 잊고 살았던 우정을 챙기는 장면이다. 별빛을 찾아 나서는 행위가 주된 행위이다. 그렇다면 별빛에 해당하는 우정의 실체는 어떤가. 이것이 숨은 그림(이라 해도 약간의 힌트가 이미 제공되어 있다)이다.

우선 빗장을 걸어 잠궜던 걸 푼다는 것을 엄두 내지 못하다가 미풍의 흔들림 때문에, 겹겹이 쌓인 아픔 때문에 빗장을 풀 엄두를 냈다는 것이다. 모호한 표현들만 불을 지핀다는 것은 무슨 의미인지를 생각해야 시를 바로 해석할 수 있다.

관계 속에서 타자는 하나의 내 몫의 현실 존재일 뿐이다. 나는 그에게 맞닿아 있는 것도 그의 밖에 내가 존재하는 것도 아니다. 나는 그를 소유할 수는 없지만 나는 그를 내 작용 안으로 그를 관여시킬 수는 있다. 나에 대한 이유 있는 관계자의 심정을 이 작품은 나타내고 있다고 보인다. 무슨 말을 어떻게 할 것인가가 모호라는 단어로 집약되었다. 인연은 끊을 수는 있어도 지울 수는 없다. 여태 감추고 살았던 인연의 실끝을 다시 챙기고픈 하소연 같이 들리지 않는가. 세월을 더하다 보면 이런 현장 앞에 자신이 서 있음을 확인하게 된다.

파도 속에 가라앉는 화물트럭 바퀴
그냥 있으면 안 된다고
간밤에 간 고양이 울음소리 적막을 깨웠다

두려울 게 없는 평행선이 될 대로 되라고
틈새마다 부질없은 퇴적물이 쌓여
삐걱대는 크레인 높이 걸려 있다

부활한 춤사위 안달 난 깃발은
도꼬마리 붙어 바다가 부럽지 않다
장터에서 바뀔 제 길을 모르듯이
차오른 허공을 물결로 층을 쌓고
사과는 뭉치지 못한 눈물인가

내동댕이친 유통기한 오염시키는 혈관은
노을 진 하늘을 나른다
사방에서 새겨진 맨살 드러낸 이름표
생계를 끌고 밀려 난 깡통이 있었다

— '이름표' 전문

바닷가의 퇴적물들, 유통기한이 넘은 생활 쓰레기 더미를 연상할 수 있다. 이 속에서 상품 가치를 다한 깡통은 화장을 지워버린 맨살로 명색名色의 이름표를 달고 있다. 바다는 이런 것들의 집합소인 경우가 많다.

인생 회고는 우리를 더 높고 넓은 관점에서 전체적 인생 풍경을 그리게 하는 역할을 한다. 적나라한 성숙을 획득하려면 한 발 뒤로 물러서서 자신의 이야기를 반추할 때, 우리가 소비한 과거는 대부분 쓰레기로 남는 이야기로 환원된다.

나이 들수록 정서적 회복에서 중요하게 느껴지는 깊은 슬픔, 이것이 아니면 허무가 맨살을 드러내는 현상에 직입하면 가려졌던 이름표가 자신을 증명하게 된다. 이시는 자신을 회고하면서 바다 한 모퉁이에서 새롭게 자신의 이름표를 찾았다는 말 같이 들린다.

Ⅳ. 정서적 회복과 상실감

우리들은 나이를 더할수록 정서적 회복은 늦고, 깊은 슬픔 같은 것을 안고 살아간다. 이혼의 경험이 있는 자는 아픈 과거로 살 것이다. 자신의 질병 때문이든 사랑하는 이의 죽음 때문이든 우리는 저축된 슬픔을 순간순간 끄집어내며 여기에 의미를 붙이면서 살 수밖에 없다.

인간은 삶의 전부를 보지 못하였는데도 전부가 전개된 것 같은 허무 속에서 배회하며 슬퍼할 때도 있다. 이것은 개인적이면서 주관적이지만 깊고 연약한 감정들로 우리를 억압한다.

> 고속열차 내 나이만큼 달린다
> 내려놓아야 할 짐
> 두드러지지 않았다
>
> 앞만 보고 달려 온
> 자갈밭 꽃길 걷던
> 눈 뜨는 방향은 찾는다
> 영화필름 같은 스치는 인연
> 호수에 바친 벚꽃
> 빠른 시간 속에
>
> 내 자리가 아름다운 풍경
>
> － '입석' 전문

노인은 청년보다 시간이 더 빨리 간다고 인식하는 경향이 있다. 캘리포니아 대학의 제임스 M. 브로드웨이 교수는 어린이의 세계는 새로운 경험으로 가득한 낯선 공간일 뿐이라고 말했다. 그래서 어린이의 뇌는 활발하게 기억한다는 것이다. 이러한 두뇌활동의 차이 때문에 일상에 갇힌 성인보다 어린이의 시간은 천천히 흐른다는 것이다.

어린이 세상은 새로운 경험으로 가득한 낯선 공간이다. 그래서 어린이의 뇌는 활발하게 기억을 저장하지만 노년은 낯선 것이 별로 없는 그게 그거라는 통념에 갇힌다.

때로는 세월의 흐름이 권태롭고 지루한 느낌을 제공한다. 앞만 보고 달린 자갈밭이라 해도 꽃길로 착각하고 걸었지만 이제는 현실에 눈 뜨고 방향을 재조정하면서 살다 보면 어느 결에 죽음을 또는 느닷없는 비애를 느끼게 된다.

이것을 스스로 일러 물에 바친 벚꽃으로 판단하는 시인의 눈초리를 주목할 필요가 있다. 벚꽃을 물에 바친다는 벚꽃이 물에 비친다와는 다른 말이다. 물의 숭배로 벚꽃을 공물供物한다는 의미다. 그렇게 하여 현재대로의 내 자리가 아름다운 풍경이 될 수 있음의 자위를 하고 있다.

시인은 제목을 '입석'이라 했다. 자신의 발달에 도움되지 않는 과거를 내려놓고, 곧 당도할 목표지점을 눈 앞에 둔 상태에서 굳이 앉아야 할 이유를 상실한 입석 자세로 인생을 내려다보는 태도, 이것이 이 시의 주된 의미가 아닌가 한다.

> 거짓 없는 마음 속삭이듯
> 어둠이 내려와 슬프다

아름답게 물드는
반짝이던 그 눈빛

　　　　　　　　　　　　　- '저녁놀' 일부

　저녁놀은 아름다운 인연의 그 눈빛으로 거짓 없이 물들어 과거를 회상하게 한다는 것이다. 흘러간 아름다웠던 순간들이 저녁놀로 떠 있긴 해도 곧 스러질 것이라는 아쉬움을 노래한 것이리라.
　이순선 시인의 작품들은 이같이 사물에 의미를 덧대어 사물을 활력화하는 장점을 가지고 있다.

잊은 꿈이 꿈틀대듯
물빛은 푸른 기운이 되 살아난다

망망대해 그리움도 불러주지 않으면
데려갈 것 같은
별빛은 이제 보인다

　　　　　　　　　　- '별빛은 이제 보인다' 일부

　그리움으로 불러주는 건 별빛이다. 별빛 같은 인연이다. 시인은 자연 앞에 서서 지나간 인연을 소환하고 그와 다하지 못한 대화를 나누고 있다.
　누구라 할 것 없이 인간은 훌륭하다 생각되는 결과를 얻기 위해 질주하고 전력한다. 그리고 어느 정도의 달성을 하기도 실패하기도 하면서 늙음을 맞는다. 어쨌든 욕

망의 위력이 반감되거나 무기력해질 시기다. 이럴 때 등
장하는 것은 놓친 인연을 불러내어 다시 옛날로 돌아가
고자 하는 욕망을 순간순간 가지는 것 또한 자신의 몫
이다.

　이순선 시인은 고향이 거제도이다. 그의 시를 압도하
는 정서는 거제도 고향과 바다의 이미지다. 그러면서 이
것들을 나태하지 않는 생동감으로 치환하여 이 시집을
엮었다. 여태 구경한 시에 역력하듯이 이순선 시인은 사
물을 역동화시키어 시의 생명력을 북돋우는 데 남다른
재주가 있는 시인이다. 고루하거나 진부하지 않는 참신
한 이미지 역시 특징이면서 자랑이 되고 있음을 확인하
였다.

널 위한 무지개가 떴다

초판1쇄 발행 2025년 7월 31일

지은이 이순선
펴낸이 이길안
펴낸곳 세종출판사

주소 부산광역시 중구 흑교로 71번길 12 (보수동2가)
전화 463 − 5898, 253 − 2213~5
팩스 248 − 4880
전자우편 sjpl5898@daum.net
출판등록 제02-01-96

ISBN 979-11-5979-804-7 03810

정가 12,000원

본 도서는 2025년 부산광역시, 부산문화재단〈부산문화예술지원사업〉으로 지원을 받았습니다.